Johannes Rudolph

Gedichte

Johannes Rudolph
Gedichte
ISBN/EAN: 9783743666023
Hergestellt in Europa, USA, Kanada, Australien, Japan
Cover: Foto ©Andreas Hilbeck / pixelio.de
Weitere Bücher finden Sie auf **www.hansebooks.com**

Gedichte

von

Johannes Rudolph.

Stuttgart.
Druck und Verlag von Grejner & Pfeiffer.

Das schönste Lied eines längst Heimgegangenen.

(An seinem Grabe gesungen.)

Selig, wem an seinem Grabe
Man nachrühmt Glauben und Geduld,
O selig, wer die beste Gabe
Empfing, die Tilgung seiner Schuld!
  Des Seele lebt in Gottes Schoß,
  Sein Gnadenlos ist schön und groß.

O selig, wer hier überwunden
Die Sündenlust und arge Welt,
Wer Jesum Christum hat gefunden
Und seinem Volk sich zugesellt!
  Der zieht in Frieden selig hin,
  Ihm ist das Sterben sein Gewinn.

O selig, wer hier nicht gelaufen
Zur Hölle frech den breiten Steg,
Ist umgekehrt vom großen Haufen
Zur engen Pfort', zum schmalen Weg!
  Der hat die Lebenskron' erlangt,
  Die unvergänglich herrlich prangt.

Heinrich Gustav Rudolph, † 1858,
Pastor, Erbauer des Rettungshauses zu Schreiberhau in Schlesien.

Meine Seele dürstet nach Gott.
Psalm 42, 3.
In Musik gesetzt von Prof. M. Paul Ziegler.

Herr, aus dem Weltgetümmel
Flieh' ich zu deiner Thür.
Wen hab' ich doch im Himmel
Und hier wen außer dir!

Das stille Blümlein lebet
In deiner Sonne Schein,
Und meine Seele strebet
Zu dir, mein Gott, allein!

Im Jubel wie im Schmerze,
Bei Rast und Arbeitsschwall
Dich sieht und fühlt mein Herze
Und braucht dich überall!

Es haucht mein Sein hienieden
Ein Echo nur zurück:
O Herr, um deinen Frieden
Und deiner Nähe Glück!

Drum aus dem Weltgetümmel
Flieh' ich zu deiner Thür.
Wen hab' ich doch im Himmel
Und hier wen außer dir!

Zum neuen Jahre.

Sei uns gegrüßt, du liebes neues Jahr,
Geschenkt von Gott als teure Gnadenfrist,
Vom Vater, der so treu und gütig war
Und der in Ewigkeit derselbe ist.

O Gotteslicht, du Neujahrssonne mild,
Bürgst uns des Herrn fortdauernde Geduld —
Christ, Licht aus Gott, der Deinen Trost und Schild,
Verklär' auch dieses Jahr durch deine Huld!

Die Last des Eiteln und der Sünde Not,
Die Angst der Welt, den schweren Glaubensstreit,
Nichts scheuen wir, bist du nur Pilgerbrot
Und bei der neuen Wandrung das Geleit!

In Leid und Arbeit, wie in Freud' und Ruh,
Im Kampf fürs Reich, im Frieden deiner Schar
Sei du die Losung, Jesus Christus, du! —
So sei gegrüßt, du liebes neues Jahr!

An der Schwelle des neuen Jahres.

Hörst du vom Turm die letzte Stunde klingen?
Mit ihr ist wiederum ein Jahr dahin,
Doch wie auf stillgewalt'gen Geisterschwingen
Zieht dir der Ton noch durch die Seele hin
    Und lockt mit ernstem, zauberhaftem Walten
    Vors Auge dir viel wechselnde Gestalten.

Das ist die Schar der ungezählten Stunden,
Die wieder in der Zeiten Meer gerollt.
Doch sind sie nimmer spurlos dir entschwunden,
Wenn sie erfüllten das, was sie gesollt,
    Wenn sie dich mit wahrhaftem, ernstem Rühren
    Der Liebe Urquell näher konnten führen.

Vor Gottes Spiegel schau' dir selbst ins Auge!
Der trügt nicht. Wohl dir, wenn dein Herz erbebt
Und wenn du siehst, daß alles Thun nicht tauge,
Das nicht im Sinn der höchsten Liebe lebt,
    Und wasch' dich rein im vollen Born der Gnaden,
    Der reinigt dich von allem alten Schaden.

Und wenn du kämpftest nach dem rechten Pfade,
Und Nebel oftmals dir den Blick verhüllt,
O bringe durch und faß' die Hand der Gnade,
Die einst auch deine Nacht mit Licht erfüllt.
   Auch dir wird sie: es werde Licht nun! rufen,
   Wenn du dich nahst zu ihres Thrones Stufen.

Und wenn du liebtest, liebe jetzt noch wärmer,
Und wenn du haßtest, hasse fürder nicht,
Reich macht die Liebe, aber Haß macht ärmer —
So schaust du jedem freudig ins Gesicht,
   So wird sich Freude täglich dir erneuen,
   Doch denke dran, auch andre zu erfreuen.

So wende nun der Selbsterkenntnis Spiegel.
Wenn du nicht recht gethan, thu' es fortan!
Und schwinge dich auf gläub'gem Geistesflügel
In stiller Stunde jetzt zu Gott hinan.
   Und wirf dich dort am Sonnenthrone nieder,
   Dem Ewigtreuen stammle Dankeslieder!

Und wenn du dich vom Angesicht erhoben,
So blicke freudig in das neue Jahr!
Was es dir dann auch bringt, du wirst ihn loben,
Der immer noch dein lieber Vater war,
   Der, möchten wir auch eignen Weg oft gehen,
   Uns doch führt über Bitten und Verstehen.

Nimm denn in mitternächt'ger Scheidestunde
Nun deinen Abschied von der alten Frist;
Du hörst vom Turm die ernste Freudenkunde,
Daß du ins neue Jahr getreten bist. —
Des treuen Gottes Segen dich begleite:
Er ist derselbe morgen so wie heute.

Hast du gebetet, Kind?

1875 in Musik gesetzt v. P. emer. C. W. Fliegel in Herrnhut.

Wenn ich im Bette ruhte im stillen Kämmerlein,
Trat stets, eh' ich entschlummert, mein Mütterchen
herein
Und kam zu meinem Lager und streichelte mich lind
Und küßte mich und fragte: Hast du gebetet, Kind?

So kam sie alle Abend und fragte für und für,
Und als die Welt mich trennte und scheiden hieß
von ihr,
Ließ sie als Gold und Silber mir besser Angebind
Durch ihre treue Frage: Hast du gebetet, Kind?

Und als auf nächt'gem Lager ich zweifelvoll mich
wand
Und nach dem Frieden suchte, der nicht im Erden-
land,
Da tönt es mir so leise, wie Engelstimmen sind,
Ins arme bange Herze: Hast du gebetet, Kind?

Und wenn mich Sorgen quälen und zagen will das
Herz,
Weil's ja doch niemand sagen und klagen kann den
Schmerz,
So wird es fest und ruhig, vertrauensvoll geschwind,
Hör' ich den Geist der Mutter: Hast du gebetet,
Kind?

Und die das Wort gesprochen, das Meer trennt
mich von ihr,
Doch unsre Herzen bleiben vereinigt für und für.
Wenn einst an Gottes Throne das Kind die Mutter
find't,
Wird sie voll Wonne sagen: Du hast gebetet, Kind.

Die Rose von Dargelin.

Meiner Mutter zum 30. Gedenktage ihrer Hochzeit.

Dich nannten sie die Schönste aller Schönen,
Als noch der Jugend süßer Schmuck dir blühte:
Der Königin, die frohe Dichter krönen,
Der Rose — glichst du, die bezaubernd glühte.

Du wuchsest nicht im Glanze von Palästen,
Und Gottes Huld nur hatte dich gestaltet;
Nie prahltest du an lauter Wonne Festen,
Nein, heilig still hat sich dein Kelch entfaltet.

So sah ich oft dich wohl in stolzen Träumen,
Mein Mütterchen, in deiner Schönheit Krone;
Nun ist verrauscht des Jugendbechers Schäumen,
Doch unvergleichlich bleibst du deinem Sohne.

Beglückter Vater, dem sie ward gegeben!
An deiner Brust war sie der schönste Orden,
Ihr Duft erquickte dir das kurze Leben,
Daß dir der Schulter Last zu schwer nicht worden.

Längst ist der Rose Purpurglut gewichen,
Sie ist erbleicht in einsam schweren Jahren,
Still hat das Alter näher sich geschlichen,
Den süßen Duft nur durfte sie bewahren.

Ja, dufte fort, du liebe weiße Rose
Noch lang im Schmucke deiner weißen Blüten,
Nie eine Freuden=, eine Heimatlose —
An Kindesbusen wolle Gott dich hüten!

* * *

Von Dargelin die Rose hat erfreut!
Sie ist verglüht — es mag nun also sein.
Ehrwürd'ger bist du, weiße Rose heut:
Mein süßes, treues, altes Mütterlein!

Der Mutter Hand.
1878.

Es schreit das Kind — es träumt so bös gewiß —
O sieh es nach der Mutter Hand verlangen!
Die Mutter wacht, ihr ist kein Schlaf zu süß,
Sie reicht die Hand und die verscheucht das Bangen!

Halt fest, mein Knabe, dir auch kommt die Zeit,
Da wird die böse Wirklichkeit dich schrecken,
Und nicht mehr ist der Mutter Hand bereit,
Sich tröstend, hilfreich nach dir auszustrecken.

Halt fest, mein Knabe, fest, so lang du magst,
Gesegnet sei die Hand wie Gottes Hände!
So stets bereit, so zart, wie du auch fragst,
Sich niemals wieder eine Hand dir fände!

Auf Erden nicht. Doch weist sie dich hinauf,
Wo mehr als Mutterliebe dein begehret.
O daß bis dorthin einst dein Pilgerlauf
Sich in der treuen Mutter Geist bewähret!

Du hast gesiegt.

Tandem vicisti, Galilæe!

Du hast gesiegt, du hast mich überwunden,
Du blut'ger Mann mit der durchgrab'nen Hand!
Nun hat mein Geist sein ew'ges Ziel gefunden,
Von dem er sich voll Willkür abgewandt.
Es ist dein Werk, dein unermüdlich Lieben,
Daß ich mich ganz zu eigen dir verschrieben.

Fahr hin nun, Welt, mit deinen schwülen Freuden,
Hier find' ich Lust, die unaussprechlich ist,
Hier find' ich süßen Trost in allen Leiden,
Da du zu trösten ja ganz machtlos bist.
Jetzt grünt mein Herz in neuen, sel'gen Trieben,
Seit ich, mein Herr und Heiland, dich muß lieben.

Ist's sel'ger Traum? Nein — ewig selig Leben —
In Christo eine neue Kreatur!
Die alte schwand, für dich dahingegeben,
Du Allerschönster, dein jetzt bin ich nur!
Dein Blutkleid löst mich von des Todes Fluche,
Ich soll auch stehen in dem Lebensbuche!

Du bist zu stark, du hast mein Herz gewonnen,
Dein sei's auf ewig! Trotz dem Hohn der Welt!
Du bist mir heller, Herr, denn tausend Sonnen,
Nie sink' ich mehr, wenn deine Huld mich hält. —
Erlöser, du mein Bruder voll Erbarmen,
Wie unaussprechlich ist's in deinen Armen!

So wie ich bin!

Nach dem Englischen der Miß Charlotte Elliot. 1834.

So wie ich bin, voll Sünd' und Schuld
Komm' ich zu dir, Herr voll Geduld,
Du gabst dein Blut, rufst mich voll Huld;
O Gotteslamm, ich komm', ich komm'!

So wie ich bin; mein Sündenkleid
Wasch' ich nicht rein in Ewigkeit; —
In deinem Blut ist Trost bereit!
O Gotteslamm, ich komm', ich komm'!

So wie ich bin: voll Zweifelslast
Und umgetrieben ohne Rast,
Verzehrt von Kampf und Trübsal fast —
O Gotteslamm, ich komm', ich komm'!

So wie ich bin; arm, bloß und blind!
Du heilst mein Herz, nimmst auf dein Kind,
Das, was ihm fehlt, bei dir gewinnt.
O Gotteslamm, ich komm', ich komm'!

So wie ich bin, komm' ich dir recht;
Ich, deiner Magd Sohn und dein Knecht
Bin dir, Erbarmer, nicht zu schlecht, —
O Gotteslamm, ich komm', ich komm'!

Klostergeister.

In die alte Stadt der Musen
In das alte graue Kloster,
Zu dem strengen Herrn Professor
Zieht heut ein ein neuer Schüler.

Mit dem Ränzchen auf dem Rücken
Kommt vom Land er hergepilgert,
Noch ein Kind, doch schon die Seele
Voll von edlem Wissensdurste.

In der hohen engen Zelle
In dem alten stillen Kloster
Sitzt er und studiert so fleißig
Ueber mensa, über amo.

Legt die Bücher er zur Seite,
Blickt er auf die alten Wände
Voller wunderbarer Bilder
Und verschlung'ner Arabesken,

Denkt der wundersamen Dinge,
Die Kamraden ihm erzählen,
Von den Mönchen, die hier hausten
Wohl vor vielen hundert Jahren;

Wird's ums Herz ihm gar so eigen,
Weht's wie Schauer grauer Zeiten,
Durch die hohen spitzen Fenster
Zieht ein Hauch vergang'ner Tage.

Und er hört die Glöcklein tönen,
Hört die frommen Lieder singen
Und die Mönche ziehn vorüber
Vor der Phantasie des Knaben.

Geht er dann mit scheuem Blicke
Durch die langen düstern Gänge,
Sieht er's schlüpfen, hört er's rauschen —
Möncheskutten, Nonnenschleier.

Laß die Mönche, lieber Knabe,
Laß die Nonnen, laß sie ruhen.
Ihre Messen sind verklungen,
Längst schon sind sie Staub geworden
In den tiefen Katakomben. —

Sieh' — und die Gespenster fliehen
Vor Ovidius und Virgilius,
Vor Homer, dem blinden Alten
Mit der zauberhaften Harfe.

Eine neue Welt entsteht jetzt
In den alten Klostermauern:
Froh und heiter, selig strahlend
Wie des Südens blauer Himmel.

Auf den hohen Mauern stehen
Starke Helden stahlgepanzert,
Senden klingende Geschosse
Fernhintreffend in die Feinde.

Schlachtengraus, Gestöhn und Jubel,
Und die scharfen Lanzen treffen,
Und die starken Schilde bersten,
Und es ringen herrl'che Helden!

Und die ewig sel'gen Götter
Schwelgen auf Olympos Höhen:
Nectar schenkt die blonde Hebe
Und der schöne Ganymedes.

Die blauäugige Athene
Lehrt im Waffenschmucke Weisheit,
Und mit zauberhaften Reizen
Winkt die goldene Cythere.

Alles neues, frohes Leben
In dem alten grauen Kloster,
Sel'ger Götter voll die Wände,.
Sonnighell die alten Gänge!

Aber laß die Helden schlafen,
Laß die Götter, lieber Knabe!
Einsam ist's auf Trojas Fluren,
Auf Olympos und Parnassos —
Laß den schönen Traum jetzt fliegen.

Und die Knabenjahre fliehen,
Und die Knabenträume schwinden —
Ernst und still das alte Kloster!
Doch es weht ein heil'ger Frieden.

Nach dem grauen Kruzifixe
In der hohen stillen Zelle
Sinnt das Auge oft so lange,
Und der Geist beginnt zu ahnen,

Wer der sei, dem hier man diente,
Von der Welt zurückgezogen,
Dem die frommen Lieder schallten,
Vor dem man die Kniee beugte;

Daß das Herze höh're Liebe
Als der Erde Liebe suche,
Höchste Weisheit, edlen Frieden,
Den die Welt nicht geben könne.

Und im alten grauen Kloster
Dämmert jetzt ein neuer Morgen,
Immer heller, immer klarer
Strahlt die Sonne wärmend nieder.

Oeffne ihr dein Herz, o Jüngling!
Und wenn du das Ränzchen schnürest,
Nimm mit fort den vollen Segen
Aus dem alten grauen Kloster.

Nach Italien.
1868.

Nach Italien, nach Italien,
Fern im Süd', ist er gegangen.
Wird sein Herz im schönern Lande
Manchmal nach der Heimat bangen?

Unter ewig blauem Himmel
In dem Lande der Citronen
Wird er sich nach ihnen sehnen,
Die in rauher Heimat wohnen?

Ob er ihrer wohl gedenket
In dem kleinen deutschen Städtchen,
Oder ob er sie vergessen
Bei den fremden braunen Mädchen?

Wenn mit glutenvollem Blicke
Sie den Feuerwein ihm schenken,
Wird er dann der blauen Augen
Seines deutschen Mädchens denken?

Könnt' er 's Vaterland vergessen
Und das kleine Heimatstädtchen,
Wird er deiner doch gedenken,
Treues, blondes deutsches Mädchen! —

Bunte Klänge, bunte Träume.

Wie im Flug enteilt das Leben,
Flieht am schnellsten, willst du's halten,
Doch im Sturmesüberschweben
Bringt es vielerlei Gestalten.
Bunte Klänge, bunte Träume,
Und sie fliehn, willst du sie greifen,
Und sie scheinen dir nur Schäume,
Leichte Licht= und Nebelstreifen.

Wie sie märchenhaft sich winden
Und sich mannigfach gestalten
Und sich zauberhaft verbinden
Und sich wunderbar verfalten —
Bunte Klänge, bunte Träume,
Nimmermehr kannst du sie halten!
Und sie scheinen dir nur Schäume
Und sie sind nur Scheingestalten.

Bunte Klänge, bunte Träume —
Und sie schweben und sie weben,
Aber nicht mehr leichte Schäume
Sind sie einst in jenem Leben:
Kommen fliehend von der Erden
Zu vollendeten Gestalten.
Dort wird unverstand'nes Werden
Sich zum schönen Sein entfalten.

Wenn erst die Blätter fallen.

Fandst einen Baum du dicht belaubt
In glüh'nder Mittagsschwüle,
So labe dich, so strecke dich
In seines Schattens Kühle.
Des Mittags Schwüle schwindet zwar
Mit den Schweißtropfen allen,
Doch ist des Schattens Wonne hin,
Wenn erst die Blätter fallen. —

Und zwitschern Vöglein dir im Baum
Vertraulich süße Lieder,
So freue dich, so freue dich
Und singe freudig wieder!

Weißt nicht, ob so süß noch einmal
Dir diese Lieder schallen. —
Die Sänger fliehn, sie fliehen all',
Wenn erst die Blätter fallen. —

Warum?
Nach dem Englischen.

Warum ist doch der Erde Gut
Verteilt so ungleich allerwärts?
Von allen Freuden kosten die,
Und jene fühlen nur den Schmerz!
Warum fällt heller Sonnenschein
Auf Wege, welche ein'ge gehn,
Da andrer Pfade Schatten deckt
Der Wolken, die zu Häupten stehn?

Warum stehn Bäume früchtevoll
Nur da, wo dieser essen kann,
Da jener sehnsuchtsvoll nur seufzt,
Dem Hungertode kaum entrann?
Warum blühn duft'ge Blumen hier
Dem, da ein andrer Dornen fand?
Warum, wo dieser Früchte zieht,
Pflügt jener unfruchtbares Land?

Warum fließt über manches Herz
Von Freude und Glückseligkeit,
Da ungesegnet stillen Wegs
Ein andres geht ohn' Heiterkeit?
Warum hat manches Auge wohl
Kaum eine Thräne feucht gemacht,
Da jenes doch, vom Grame matt,
Vom Morgen weint bis in die Nacht?

Wir wissen's nicht, o nein, o nein —
Warum? — weshalb? — Das wissen wir:
's ist Einer oben, der uns sieht
In Freud' und Leiden für und für.
Dein Leben sei ganz ihm geweiht,
Er kennt das Ende nur allein,
Und wer ihn liebt, hat Kraft und Mut,
In Leid und Freuden stark zu sein.

Nachtgedanken in Hamburg
bei heftigem Sturm.
An W. K.

Wenn aus dem Nord der Sturmwind braust,
So lausche seinen Melodien,
Verstehe, was er singt und saust
Und laß es dir zum Herzen ziehn.

In seinem ungehemmten Flug
Soll er mein Liebesbote sein;
Nimm meinen Gruß in raschem Zug
Ihm mit, Sturm, dem Geliebten mein!

Freund, wie am Haus er rüttelt wild,
Horch — wie er tobt und ächzt und weint. —
Das sei dir meines Herzens Bild,
Wo so viel Weh sich jetzt vereint.
Des bangen Abschieds Schmerzenssturm
Von Freundschaft, Liebe, Vaterland —
Sei nun ein fester Mauerturm,
Du Herz, das manchem Leid schon stand!

Erliege nicht der schweren Last,
Wenn's auch zu viel dir werden will.
Was einst du aufgenommen hast,
Das wahre drinnen treu und still.
Das bleibt dir, wenn das Land verschwimmt
Und die Vergangenheit zerstiebt —
Der Schatz, den keine Trennung nimmt
Ist Liebe, und du bist geliebt!

Sie ist bei dir im Wellengraus,
Folgt dir zur fernen Küste nach
Und breitet Palmen vor dir aus
Und deinem Haupt ein schützend Dach;

Denn bei der Liebe Urquell fleht
Sie ja für des Geliebten Wohl. —
Wenn nur das innre Band besteht,
Wenn man auf Erden scheiden soll!

Du alte Stadt, in deinem Schoß
Träum' ich den letzten Heimatstraum —
Mein Vaterland, so schön und groß,
Stets ist in meiner Brust dir Raum!
O horch, saust mir der Sturmgesang
Das letzte Heimatslied nicht vor?
O meiner Jugend Lied und Klang,
Stets triffst du süß und mild mein Ohr!

Am dunklen Himmel Wolken fliehn,
Doch bricht hindurch der Sternlein Glut —
Erkenn' ich meines Lebens Sinn?
Ihr Wolken, Sterne? — Aber Mut!
Freund, der die Sterne droben hält,
Er ist's, der ferner Segen gibt.
Uns bleibt im Ost und West der Welt,
Was wir geglaubt, gehofft, geliebt!

Feierabendgebet.

1875 in Musik gesetzt von P. emer. C. Fliegel in Herrnhut.

Im Schlesierlande weit und breit
Ist's fromme Sitte lange Zeit,

Daß, wenn die Dämmerung sinkt zu Thal
Von den Kirchtürmen allzumal

Die Abendglocke niederklingt,
Den Müden Feierabend bringt.

Und bei des trauten Glöckleins Schall
Da feiern auch die Herzen all,

Manch still Gebet zum Himmel bringt,
Ein frommes Lied manch' einer singt.

Großmütterchen im Lehnstuhl alt,
Beim ersten Ton die Hände falt't.

Und betet leise fort und fort,
Jahr aus, Jahr ein dasselbe Wort:

„In dieser letzten betrübten Zeit
Verleih uns, Herr, Beständigkeit,

Daß wir dein Wort und Sakrament
Rein behalten bis an unser End'."

Mir war's ein Rätsel lange Jahr,
Da ward es mir auf einmal klar:

Als mir erklang der Glocke Schall
Im Heimatsdorf zum letzten Mal,

Und ich das Haupt so tief bewegt
Still in Großmutters Schoß gelegt,

Und ihre Hand gebreitet sich
Noch einmal segnend über mich. —

Und wie sie betet fort und fort,
Jahr aus, Jahr ein dasselbe Wort,

So sprach sie's auch den letzten Tag,
Mir klingt's noch lang im Herzen nach.

Doch heute lag im schlichten Sinn
Wohl eine ernste Predigt drin:

Steh' fest, mein Kind, treu und bereit
In dieser letzten betrübten Zeit.

Stehst du bei dem, das niemals fällt,
So zieh' getrost hin in die Welt.

Sein Wort wird ewig fest bestehn,
Bis Erd' und Himmel untergehn!

Und ob sie alle rütteln dran
Mit stolzem Hohn, in blindem Wahn,

Du halt sein Wort und Sakrament
Nur treu und rein bis an dein End'!

So bet' ich's heut noch fort und fort,
Großmutters altes goldnes Wort:

Zu dieser und zu aller Zeit
Verleih', Herr, Herr, Beständigkeit!

Weihnachten in der Ferne.

Was perlt die Thrän' im Auge,
Was seufz' ich wehmutbang?
Es zieht durchs Herz mir zitternd
Ein Heimattraum und Klang.

's ist Winter und der Nordwind
Fegt übers weiße Feld —
Heut ward der Christ geboren,
Das Weihnachtskind der Welt.

Heut klingen Jubellieder,
Heut strahlt der Kinderblick:
Es eilt mein Herz mit Sehnen
Still träumend heut zurück.

Wo überm Meer im Osten,
Dreitausend Meilen weit,
Im lieben Heimathäuschen
Mein Christbaum funkelt heut.

Und mit verklärtem Blicke
Steht Mütterchen davor —
Klingt wohl ein fernes Grüßen
Der Liebe an ihr Ohr?

Fühlt sie, daß der bereitet
So oft des Bäumchens Zier,
Und nun so fern, so ferne,
Doch heute nahe ihr?

Es rollt die Thräne nieder,
Die Brust seufzt wehmutbang,
Es zieht durchs Herze zitternd
Ein Heimatstraum und Klang.

An einem Tannenstamme
Lehn' ich im tiefen Traum.
Im Winterschmucke neigt sich
Der alte Weihnachtsbaum.

Da klingen Abendglocken,
Weithin strahlt Lichterschein —
Herz, kannst du denn alleine
Dich heute gar nicht freu'n?

Fort Trübsinn! Alte Tanne,
Was flüsterst du so bang?
Heut kommt der Heiland zu uns:
O, freu' dich lebenslang! —

Ein Morgenpsalm.

Hallelujah, aus seinem Thor
Geht wie ein Held der Tag hervor,
Die ew'ge Huld verkündend
Des, der in solcher Gottespracht
Ihn seinen Kindern hat gemacht,
Sich gnädig uns verbündend.
Schallet, hallet
    Preis dem Sohne,
      Der vom Throne
Kam auf Erden,
Daß wir Lichteskinder werden!

Ihr Bäum' in weißer Blütenzier,
Ihr Blümlein alle, singt mit mir,
Den großen Gott zu loben!
Ihr Vöglein, stimmt frohlockend ein,
Und alle Wesen im Verein
Dem lieben Vater droben!
Singet, klinget,
    Das ist Freude,
    Das ist Weide
Seinem Ohre,
Wenn die Schöpfung jauchzt im Chore!

In dieser Erdenherrlichkeit
Der Schöpfer wieder prophezeit
Ein ew'ges Frühlingsleben,
Wenn er zu höherer Natur
Mich und die ganze Kreatur
Erbarmend wird erheben.
Strebet, schwebet
    Ihr Gedanken
    Aus den Schranken
In die Weiten
Seliger Vollendungszeiten!

Frühling auf dem Gottesacker.

Ein Fleckchen Erde weiß ich,
Das ist so traut und schön,
Stets ist der Zugang offen —
Komm, laß hinein uns gehn!

Und wenn der Lenz gekommen,
Am herrlichsten ist's dort!
So kannst du ihn genießen
An keinem andern Ort.

Wo sanft im Zephyr spielend
Die Trauerweiden wehn,
In stummer, ernster Mahnung
Dunkle Cypressen stehn.

Und hinter Taxushecken
Viel stille Hügel blühn —
Es ist der Gottesacker
Im ersten Frühlingsgrün. —

Zum Sinnen und zum Träumen
So heimlich und so traut,
Dem Frühling kannst du lauschen,
Dich stört kein andrer Laut.

Und ist's in deinem Herzen
Erst Frühling, wie ringsher;
Dann schrecken dich die Gräber,
Die Kreuze nimmermehr.

Die Toten, die hier schlummern
Nach dieses Lebens Schlacht,
Man hat sie ja zum Frühling,
Zum Frühling hergebracht!

Wenn einst am großen Morgen
Wird Gottes Odem wehn,
Dann werden diesen Hügeln
Die Leiber auch erstehn.

Auf Gottes Acker sprossen
Dann Blumen ohne Zahl,
Die wir mit Thränen säten
Auf Hoffnung allzumal.

Da wirst du auch einst schlafen
An der Cypresse Fuß.
Erst will die Erde haben
Was auferstehen muß.

Und denkst du so des Lenzes,
Der einst dir noch bereit,
So wird dir doppelt blühen
Der Frühling dieser Zeit!

Auferstehung.

Fühlst du, o Seele, den Auferstehungshauch,
Der durch der Schöpfung innerste Adern dringt,
Der sie zum bräutlichen Wonneschmucke
Neuer Verjüngung verklärt gestaltet?

Zur starren Ruhe des Todumfangenseins
Schien sie auf ewig dem Freudenstrahl zugedeckt,
Ueber dem öden Grab die Stille
War die Trauer der Kreaturen.

Doch siehe da — es haucht der Allmächtige,
In Totenfeldern regt sich der Lebenskeim.
Fühlst du, o Seele, das Hauchen dessen,
Der allein nur des Lebens Urgrund?

Hebe vom Staube dich, seligster Ahnung voll,
Auf von den Gräbern, wo du so lang geweint,
Hin zu der Heimat, die er bereitet,
Der dein Sehnen im Busen wachrief.

Was du sätest, es kann nicht auferblühn,
Grabesnächte hätten's umschlossen denn.
Aber harre nur — aufblühn wird es,
Wenn er ruft, der einst alles neu macht.

Wenn er, verklärend alles Geschaffene,
Dir auch vom Auge trocknet die Thräne fort;
Wenn einst des Elends Nächte schwinden
Und das Seufzen der Kreaturen.

Wie herrlich wirst du dann, meine Seele, sein,
Durchglüht vom Hauche des Auferweckenden,
Wenn du, verwandelt wie im Traume,
Vor ihm im Kleide der Auferstehung

Niedersinkst, nicht fassend die Herrlichkeit
Und, deines ewigen Lebens Kräfte voll,
Deiner Harfe seligste Töne findest,
Fortgerissen vom eignen Liede! —

Decke du, Erde, decke mit Grabesnacht
Mich und sie alle, die meinem Herzen lieb.
Wenn der Schöpfer dich einst verkläret,
Winkt uns gemeinsame Auferstehung!

Des kranken Mädchens Lied.

Ich hört' den Arzt zur Mutter sprechen,
Und seine Stimme klang bewegt:
Hört, Frau, wenn erst die Blätter brechen,
Man eure Tochter heimwärts trägt.

Unrettbar! Doch ich wußt' es lange —
Nicht ferner trägt's die arme Brust:
Die Hitze drin, der Atem bange!
Sei fertig, weil du sterben mußt.

Du Herbstessonne, sanft erglühend,
Wie oftmals hab' ich dein' geharrt.
Gar bald, wenn du vorüberziehend
Hereinschaust, hat man mich verscharrt.

Ihr lieben, bunten, welken Blätter
Am Fenster dort, ihr Freunde mein,
Ach, für uns beide ist kein Retter,
Wir welken, sterben im Verein.

Ja, sterben, sterben, alles lassen,
Woran mein junges Herze hing —
O, mußte mich der Tod erfassen,
Eh' ich das Leben recht umfing!

O Tod, wie bist du doch so herbe,
So schwer! — Und doch bist du Gewinn.
So sagt mein Herr, und wenn ich sterbe,
So weiß ich, daß ich bei ihm bin.

Ja, Herr, du hast dein Kind gefunden.
Und, wie das Erdenkleid zerfällt,
Hast du in manchen stillen Stunden
Dich klopfend an mein Herz gestellt.

Du tratest ein, du Gast, du lieber.
Nun ist es fest, und froh mein Sinn;
Und wird das Auge trüb und trüber,
Ich weiß, daß ich dein eigen bin.

Nicht bin ich gleich mehr, wenn ich sterbe,
Dem, welcher keine Hoffnung hat.
Ich weiß, daß ich mit Jesu erbe,
Der litt für meine Uebelthat.

Wie froh bin ich! Weint nicht, ihr Schwestern,
Macht mir das Scheiden nicht so schwer.
Er lebt, mein Heiland, heut und gestern
Und ewiglich derselbe Herr!

Und weil er lebt, so werd' ich leben!
Ade, die Blätter fallen ab.
Bald wird mein Bräut'gam mich erheben,
Der Macht hat über Tod und Grab.

Wir haben hier keine bleibende Statt.
Phil. 1, 21, 23.

Οὐδεὶς γὰρ αὐτῶν ἀδακρυτὶ
διέπλευσεν.   Lucian.

Die durch das Leben eilen
In wildem Taumel fort,
Sie müssen doch oft weilen
Bei einem Schmerzenswort,
Das raubt dem Herz den Frieden,
Von Weltlust nimmer satt:
Weh, weh! es ist hienieden
Ja keine ew'ge Stadt.

Der du zum Himmel pilgerst,
Dir ist's ein Freudenklang.
Wird dir im Jammerthale
Hier gar zu angst und bang,

Bist du vom Glaubenskampfe,
Vom Sündenkampfe matt,
Freu dich! Du hast auf Erden
Ja keine ew'ge Statt.

Sprichst du, an dir verzweifelnd,
In Seelennacht und Not:
Wer wird mich doch erlösen
Von dieses Leibes Tod!
Und werden Schweiß und Seufzen
Und Thränen dir zu schwer,
Zerfällt die irb'sche Hütte
Dir immer mehr und mehr,

Und decken ringsher Gräber,
Woran dein Herze hing,
Und will's vor Leide brechen,
Weil man es hinterging;
Will's dir hier einsam werden,
Bist alles Jammers satt —
Harr' aus! Du hast auf Erden
Ja keine ew'ge Statt.

O sei nur treu im Sehnen
Nach deinem Heimatland,
Wo einst zum Ziel wird kommen
Der Erde Unbestand!

Sei treu, es ist die Stätte
Zukünftig dir bereit,
Die lohnt dir überschwenglich
In ew'ger Herrlichkeit.

Da liegt der Erde Elend
Zurück so weit, so weit,
Da hast du angezogen
Des Lammes Hochzeitskleid,
Von deinen Augen trocknet
Dein Herr die Thränen all,
Und beine Lippen strömen
Zu deiner Harfe Klang.

Da wirst du ihn erkennen
Und seine Wahrheit sehn
Und deines Lebens Wege
Und Thränensaat verstehn.
Nichts kann dich mehr anfechten,
Kein Kampf macht dich mehr matt. —
Freu dich! Du hast da droben
Ja eine ew'ge Stadt!

Drum harre still, mein Herze,
Und leide bis zum Grab,
So wird dein Sehnen heißer,
Du stirbst der Erde ab,

Suchst die zukünft'ge Stätte,
Fliehst recht zum Heiland hin. —
Gottlob, daß ich auf Erden
Nur Gast und Pilger bin!

Gartenarbeit.

Lenz ist gekommen,
Mutig daran:
Grabt mir im Garten!
Frisch, alle Mann!
Düngt mir auch fleißig,
Scheut keine Müh';
Ist gleich dabei nicht
Viel Poesie!

Aber, wozu denn
Wär' Poesie,
Wenn sie nicht süßte
Jegliche Müh';
Ist sie nicht drin — ich
Leg' sie hinein:
Will heut beim Schaufeln
Begeistert sein.

Ich denk' der Blümlein,
Die hier geblüht
Und nun schon lange
Verwelkt, verglüht,
Wie sie gestrahlt im
Kunstvollen Strauß,
Wie ihre Aeuglein
Gelächelt draus,

Wie sie erfreuet,
Wie sie ergötzt,
Wie man sie gern ans
Fenster gesetzt,
Wie man zertreten
So manches auch,
Das doch bestimmt schien
Zu besserm Brauch. —

Frisch drum gewendet
Der alten Gruft,
Wenn nur der Lenz bald
Viel neue ruft!
Sicher — es reut uns
Nimmer die Müh',
Blüht aus der Prosa
So Poesie!

Ein Lied aus des Lebens Mai.

Am Schwanenteiche.

Es schien die Frühlingssonne
In Welt und Herz so warm,
Wir saßen in der Laube
Und hielten uns im Arm.

Wir scherzten und wir sangen,
Wir tauschten Blick und Kuß,
Wir sangen und wir küßten
Als Lenz- und Liebesgruß;

Da zog im Parkgewässer
Ein Schwanenpaar daher;
So still und stumm, und liebten
Sich doch gewiß so sehr. —

„Ihr Armen, ihr habt Liebe,
Doch wo der Liebe Lohn?
Wenn euch gelöst die Zunge,
Ist's auch der letzte Ton!"

„Meinst du?" so sprach sie leise
Und schmiegte sich an mich.
„O Liebster, ich beneide
Die Schwäne sicherlich!

Wenn sie in höchster Wonne,
Entzücken um und um,
So sterben sie und nehmen's
Mit ins Elysium.

Und wir? Der kurzen Stunde
Der höchsten Seligkeit,
Wie oft folgt Schmerz und Täuschung
Und größtes Herzeleid." —

Erwidern wollt' ich lächelnd —
Die Zunge war gebannt.
Ich starrte stumm ins Wasser.
Das Schwanenpaar verschwand.

Das Gebet der Braut.

Hier stand er vor mir, hell und treu sein Blick,
So mild und fest sein Wort, so wahrheitsstark.
Wie glüht noch meine Wange, zittert noch
Die Lippe mir und bebt das volle Herz!

O, ich bin sein! mein ganzes Wesen ist
Verändert, ist verklärt — wie faß' ich es!
Des Herzens heißes Sehnen ist gestillt:
Ich bin nicht mehr allein, ich bin geliebt!
Von ihm geliebt, zu dem ich aufgeschaut
Und nie von seligem Besitz geträumt.
Mein Herz sprach: Ja! und heil'gen Schwur mein
     Mund. —
O, Gott der Liebe, sieh' du segnend drein
Und gieb die Gnade deinem schwachen Kind,
Zu sein, was ich erflehe, dem Geliebten!

Laß mich die Sonne seines Lebens sein,
Die du, Barmherz'ger, liebend ihm gesandt,
Die Freude seiner Augen, seinem Haupt
Die goldne Krone, seines Herzens Trost;
Die Ehre seines Hauses, Balsam mag
In schweren Tagen meine Lieb' ihm sein,
Wegglättend ihm die Falten von der Stirn. —
Ich bitte viel, doch du gewährst so gern!
Sei, Heil'ger, du der dritte in dem Bund!
O, segne mich durch ihn und ihn durch mich!
Führ' deine Pläne mit uns aus, so wird
Das Leben uns ein sonnenheller Tag!

Sternennacht.

Es schweigt die Welt und schlummert,
Schwarz liegt ringsher die Nacht,
Nur Gottes Sternlein funkeln
In ruh'ger heil'ger Pracht.

Wie heilig und wie ruhig
Ihr sanfter, gold'ner Schein!
Auch mir so wunderselig
Zieht er ins Herz hinein.

Und malt drin Zauberbilder
Von einem bessern Sein,
Vom Wandeln über Nebeln
Im ew'gen Sternenschein.

So wie ich schau' und schaue,
Zieht mich's mit Wundermacht:
O, wär' ich droben bei euch
Nur eine einz'ge Nacht!

Sind dorten auch wohl Wesen,
Von Gottes Hand vereint?
Wird auch wie hier geliebet
Und auch gesorgt, geweint?

Wie ist so mild, so heilig
Der Schein, der euch umgiebt —
Da fließen keine Thränen,
Da wird ja nur geliebt!

Seid ihr so unerreichbar
Und fern denn für und für?
Bin ich wohl einst noch bei euch?
O Sternlein, sagt es mir.

Zieht still die Nacht herein.

Zieht still die Nacht herein,
  Feiern die Lieder,
Flimmern die Sternelein
  Traulich hernieder,

Ist es verstummt gemach:
  Leben und Lärmen;
Ziehn wohl die Sorgen nach,
  Aengsten und Härmen,
Findest ersehnte Ruh',
  Herze, auch du!

Wenn du geblutet hast,
  Ohne zu klagen,
Was auch für schwere Last
  Still du getragen,
Was dich für Leiden schmerzt,
  Selber geboren,
Was du dir selbst verscherzt,
  Was du verloren —
Find'st nun ersehnte Ruh',
  Mein Herze du!

Laß es nun alles fliehn,
  Wägen und Wähnen,
Weit über Welten hin
  Fliege dein Sehnen,
Wo es kein Seufzen giebt,
  Harren und Leiden,
Nimmer dich mehr betrübt
  Scheiden und Meiden,
Dorthin, wo liebumwohnt
  Die Liebe thront.

Droben, du schwacher Geist,
  Ist dein Berater.
Ja, der im Himmel heißt
  Gütiger Vater,
Ist dir mit Liebe nah,
  Hilft dir so gerne,
Bürgen dir's heute ja
  Ewige Sterne,
Strahlen dir sanfte Ruh'
Von oben zu.

Der sie dorthin gesetzt,
  Frieden zu scheinen,
Er wird auch dich zuletzt
  Friedlich vereinen,
Trocknen vom Auge fort
  Dir alle Thränen,
Wandeln in Jubelwort
  Seufzen und Sehnen,
Schenken dir ew'ge Ruh',
  Mein Herze du!

Abendlied.

Wo sind des Tages Stunden
Denn wieder hingeschwunden
Wie ein Gedankenflug.
So eilen Mond' und Jahre,
Bis einst auf stiller Bahre
   Wir ziehen unsern letzten Zug.

Und alles muß vergehen,
Was wir vor Augen sehen,
Nichts Irdisches besteht, —
Bis alle Zeit zu enden
Nach so viel Wechselständen
   Einst diese Erde untergeht.

Was kann das Herz ergötzen
Von allen ihren Schätzen?
Sie brechen mit ihm auch,
Sie können nicht begleiten,
Den Geist hinüberleiten,
   Wenn er entflieht als wie ein Hauch.

Drum laßt uns heut beginnen
Und fleißig darauf sinnen,
Was nimmermehr vergeht,
Was einst an jenem Tage
Zu Freude oder Plage
   Vor uns im Richterbuche steht.

Wie wollen wir bestehen
Und ihm ins Auge sehen,
Das Frevler niederschreckt?
Wohl dem, der voll Vertrauen
Dann kann auf Jesum bauen,
   Der seine Schulden zugedeckt.

O kommt, ihr Menschenkinder,
Kommt doch zum Heil der Sünder,
Zu ihm, der euch erlöst,
Der Keinen, der sich sehnet
Und sonst verloren wähnet,
   Von seinem Bruderherzen stößt.

Woll'st deinen Geist uns schenken,
Der lehr' uns recht bedenken,
Was unser Bestes ist;
Versich'r' uns deiner Gnade,
Beschirme unsre Pfade,
   Der du schlafloser Hüter bist.

Und wenn du Leid geschicket,
Das uns darnieder drücket,
So gieb den Glaubensmut,
Daß wir recht brünstig flehen,
Herr, Herr, laß nur geschehen,
   Wir halten still, du machst es gut.

So sei dir übergeben,
Gott, unser Leib und Leben —
Die Mitternacht tönt schon —
Woll'st uns in Gnaden hören,
Einst nimm uns an zu Ehren
   Durch Jesum Christum, deinen Sohn.

Kampflied!

Auf zum Streit —
Christenvolk, auf, auf zum Streit;
Denn die Stunde ist gekommen,
Rüste dich und sei bereit!
Sammle dich, du Heer der Frommen,
Rings um deines Meisters Kreuzesfahn!
Eilt heran!

Aufgewacht,
Was in trägem Schlummer liegt;
Denn der Feind kommt hergezogen!
Nur wer wacht und kämpft, der siegt.
Waches Aug' wird nicht betrogen.
Die ihr fest zum Herrn noch wollet stehn,
Laßt euch sehn! —

Trauet nicht —!
Immer stärker wird der Feind.
Mancher, den ihr Freund geheißen,
Hat sich schon mit ihm vereint,
Gierig jetzt, euch zu zerreißen.
Wer nicht für mich ficht, der rüstet sich
Wider mich —!

Haltet fest —
Einzig nur des Herren Wort!
Will man uns das Wort entreißen,
Nimmt man unser Leben fort.
Mag es glänzen, mag es gleißen —
Fort der Truggebilde letzten Rest:
Haltet fest —!

Ganz und gar —
Lasse, Christenvolk, die Welt!

Fliehe, wenn sie schmeichelnd nahet,
Kämpfe, wenn sie dich anfällt,
Dich mit List und Macht umfahet!
Traue gegen Menschen-Macht und -Wort
Deinem Hort! —

Aufgeblickt,
Wenn auch alles dich umstürmt!
Wenn des Herren Zeit gekommen,
Wenn der Sündenbau getürmt,
Wird er retten seine Frommen.
Hoch das Schwert, dem Meister nachgewagt,
Unverzagt!

Die zwei ersten Opfer.

Zerrissen schon wieder des Friedens Band,
Es rasselt und stürmt die Trommel durchs Land.

Ihr raschen Burschen zu Fuß und Roß,
Heran zur Fahne, der Kampf wird groß!

„Auf, Mütterchen, schickt nun auch euren Sohn;
„Gleich morgen soll er mit reiten davon."

Sie wankt nach Hause: „Mein Sohn, mein Sohn,
„Gleich morgen sollst du mit reiten davon!

„Mein einziges Kind, du mein höchstes Gut,
„Verspritzen sollst du dein junges Blut!

„Dann bin ich einsam auf Erden hier
„Und weine, bis ich einst bin bei dir."

„Still, Mütterchen, stille und tröste dich,
„Es wacht der Allmächtige auch über mich."

„So sprach einst dein Vater und zog dahin,
„Es deckt sich die Erde längst über ihn."

Sie sprach es und warf sich dem Sohn ans Herz
Und jammerte leis im schrecklichen Schmerz.

Und wie er sie liebkost und tröstet sehr,
Da wird sie so still und weint auch nicht mehr:

Und als er ihr sieht in das Antlitz bleich,
Da ist es so starr, einem toten gleich.

„O Mütterchen, Mütterchen, schau mich an!"
Doch ihr Aug' hat auf ewig sich zugethan.

„Lieb Mütterchen, liegst ja am Kindesherz!"
Doch ihres steht still, gebrochen vom Schmerz.

Er legt sie auf's Lager und kniet davor,
Bis Trommelwirbel erreicht sein Ohr.

Auf steht er so blaß und vom Gram verzehrt
Und greift nach dem Helm und greift nach dem Schwert.

Da seufzt er: „Das macht mir mein Leiden voll,
„Daß ich dich nicht mehr begraben soll."

Dann schaut er sie an noch zum letzten Mal
Und reitet zu der Genossen Zahl.

Es klingt die Trompete im Siegeston,
Das hallt ihm im Herzen wie bittrer Hohn.

Es jauchzen und jubeln die Reiter darein,
Doch er denkt an's tote Mütterlein.

So ziehn sie dahin und die Sonne glüht,
Im Herz ihm die qualvolle Flamme sprüht.

Es sengt ihm die Sonne das arme Haupt:
Er ist bei der Mutter, noch eh' er's geglaubt.

„Lebt wohl, ihr Brüder, ade, ade!
„Wohl manchen ich droben bald wiederseh'!"

Dort winkt ein Kirchlein am Bergesfuß,
Es senden die Glocken den Mittagsgruß.

Und als sie klingen zur Nacht herab,
Da ist auf dem Friedhof ein frisches Grab.

Darauf vom Abendwind bewegt,
Zwei Eichenzweige, zum Kreuz gelegt.

Vision.
1872.

Das Haupt gestützt jüngst lehnt' ich in dem Fenster
Und schaute sinnend nach dem nächt'gen Himmel.
Durch eine Kunde war bewegt das Herz mir,
Die übers Meer der Telegraph getragen.
Fern drüben auf der grünen Nebelinsel
Da hat die Augen jetzt ein Mann geschlossen,
Der wie ein irrer Blitz mit Sturmesleuchten,
Hineingeschleudert in die Flucht der Zeiten,
Im Glanz hinstob, der hinter ihm verschwunden.
Und nur der Menschheit Frieden liegt vernichtet,
Die Hütte steht zerschmettert und in Flammen,
Bluttriefend graut ein jeder Zoll des Weges. —
   So dacht' ich und es grauste mir die Seele.
Doch konnt' ich nimmer von dem Bilde lassen,
Das mehr und mehr das Geistesauge bannte. —

Vor mir lag eine große öde Haide,
Und in der Mitte war ein Grabeshügel,
Noch frisch der Sand, doch schmückt ihn keine Blume.
Und ringsher lag in eis'ger Todesruhe
Ein weiter Kreis von dürren bleichen Knochen,
Und wie ich starrte, saust' es in den Lüften,
Und geisterhaft durchrauscht' es die Gebeine —
Da stiegen auf gespensterhafte Scharen —
Ein Anblick war's, daß mir am bangen Herzen
Der Blutlauf stockte und die Wimper bebte.

Sie kamen all zum schauerlichen Bunde,
Die einst der Selbstsucht und dem Haß geopfert;
Die in den Straßen von Paris geblutet,
Die auf dem Marsfeld mit durchschoss'nem Herzen
Den letzten Fluch dem Würger einst gestammelt;
Die fern im Ost am Pontusufer sanken
Und an dem Wall des Malakoff zerschmettert;
Die in den Sand der glühenden Sahara
Und auf des Atlas wild zerriss'ne Felsen
Dahingeworfen des Kabylen Kugel;
Die bleichen Scharen, denen wahnsinnbrütend
Cayenne's Glut das Leben ausgesogen;
Und die im alten Reiche der Azteken
Erlegen den Guerillas und dem Fieber. —

So kamen sie von Nord und Süd zusammen,
Von Ost und West die fürchterlichen Mahner —
Und vor die Augen drückt' ich beide Hände.

Doch war des Grauses immer noch kein Ende,
Denn plötzlich jetzt begann ein wildes Toben,
Ein dumpfes Jammern, Weinen, Aechzen, Stöhnen;
Und sieh, ein Heer bluttriefender Gestalten,
Den Leib verstümmelt und noch frisch die Wunden,
Kam hergebraust und schloß sich an dem Bunde.
Und fürchterlich erscholl es auf der Haide:
Fluch ihm! Fluch ihm! Heraus aus deinem Grabe,
Du, dem wir fluchen, daß wir dich verklagen!
Und sieh', mit krasser, schreckenstarrer Miene
Erhob sich aus dem Grab der Imperator
Und blickte um sich und — entfliehen wollt' er.
Doch dort, was wollen dort die bleichen Schatten?
Wenn du entfliehst, sie stehen vor dir, Cäsar!
Zwei bleiche Schatten — hier, die Brust durchschossen,
Ein hoher Mann mit stillem, trübem Blicke,
Und dort ein Weib in schwarzen Trauerkleidern,
Das schöne Haar mit irrer Hand verwüstend,
Mit ausgeweinten, wahnsinntoten Augen,
Die ihn anstarren, der ihr Leid verschuldet. —
Fluch ihm! Fluch ihm! so tönt's entsetzlich wieder,
Es braust und stürmt und stöhnt das Heer der Schatten.
Und er — er sinkt verzweifelnd in die Knie.
Ich schloß die Augen, wollte nicht mehr denken,
War wie im Traum, und als ich wieder bei mir,
Da schlug die Uhr die mitternächt'ge Stunde,
Und tief erschüttert schloß ich schnell das Fenster.

Auf dem Bodensee.

Schon sank die Dämmerstille
Herab auf Berg und Thal,
Fern glühten noch die Gletscher
Im Abendsonnenstrahl.
Rings naher Dämm'rung Stille,
Der See so blau und glatt,
Drin spiegelt sich so würdig
Die alte Bischofsstadt.

Und auf den blauen Fluten
Zieht still ein Nachen hin,
Drin ruht im Arm des Freundes
Der blonde Konradin.
Auf seine schönen Züge
Blickt Friedrich liebevoll,
Doch Konrads blaues Auge
Sinnt in die Ferne wohl.

Zur Laute greift er träumend.
Horch, leis und klagend bang
Schwebt auf den stillen Wassern
Ein schwermutsvoller Klang —
Doch auf die Saiten mahnend
Die Hand drückt Friedrich schnell:
„Warum die Trauer, Liebster?
„Dein Lied sei froh und hell."

Halb vorwurfsvoll zum Freunde
Auf blickt da Konradin:
„Siehst du die Alpengletscher
„Im Abendgold dort glühn?
„So strahlte wunderherrlich
„Einst meines Hauses Pracht —
„Sie ist dahingeschwunden
„Wie Gletscherglühn bei Nacht." —

Die Seidenlocken wallen
Ihm übers Auge hin,
Hätt' Friedrich dreingeschauet,
Er sähe Thränen drin.
Doch seine Blicke schweifen
Jetzt hin nach Norden nur,
Wo sich der blaue Himmel
Wölbt über Oestreichs Flur.

Wie hier die Abendröte
Der Gletscher Grat umfloß,
Bestrahlt sie dort die Zinnen
Von seiner Väter Schloß. —
Doch schnell zerreißt der Schleier
Vor seiner Augen Licht,
Sie blicken hell und feurig
Als er zum Freunde spricht:

„Wohl sah ich sie versinken,
„Der hellen Sonne Pracht,
„Doch — traun — sie ist uns morgen
„Noch schöner aufgewacht. —
„Glück auf! Dort liegt im Süden
„Ein Land voll Sonnenschein,
„Dies Paradies hienieden,
„Dein Eigentum wird's sein!

„Dir wahrt's der treue Onkel
„Mit starker Stauffenhand,
„Auf dies Ziel sei dein Träumen,
„Dein Sinnen hingewandt!"
Da hebt sich hoch im Kahne
Der blonde Konradin,
Und seine Königsseele
Spricht aus der Blicke Glühn:

„Wo Barbarossa herrschte:
„Vom Oberstrom zum Rhein,
„Bis zum Citronenlande,
„Mein Eigentum soll's sein!
„Ja, und das Land im Süden,
„Das sei mein erster Sieg!
„Auf, auf, vom Fels zum Meere,
„Auf, Stauffenadler, flieg'!

„Dann, Friedrich, sind die Träume
„Der Jugend uns erfüllt,
„Dann ist des Herzens Sehnen
„Und Brennen uns gestillt!
„Mein Friedrich, laß uns stehen
„Zusammen treu und frei,
„Kein Kerker, keine Krone
„Uns eine Trennung sei!"

Sie reichten sich die Rechte:
„Im Glück, in Leid und Not
„Besteh' die Freundestreue,
„Ja Treue — bis zum Tod." —
Und heute, wo die Lippe
Vom Bruderkusse brennt,
Brennt Manfreds Todeswunde
Im Feld von Benevent. — —

Des Kurfürsten Traum.

„Ein wunderbares Traumgesicht,"
Der Kurfürst zu dem Kanzler spricht,
„Hatt' ich heut Nacht, nun höre an:
„Ich sah im Traume einen Mann
„In Mönchestracht, doch das Gesicht
„Und die Gestalt erkannt ich nicht,
„Der schrieb — da sah ich plötzlich wachsen
„Die Feder, sie wuchs über Sachsen
„Weithin und über deutsche Länder,
„Hinüber über Alpenränder,
„Hinab bis Rom! Und dann — o staune —
„Des Traumes wunderliche Laune! —
„Des Papstes Krone sah ich wanken
„Auf seinem Haupt, ich sah sie schwanken,
„Die Feder hatte drangestoßen!
„Des Mönchleins Feder! Und den großen
„Papst sah ich kaum die Krone halten. —"
    Da — wunderbares Gotteswalten,
Ein Hofmann kommt gelaufen hier,
Hält in den Händen ein Papier!

„Durchlaucht'ger Herr, heut Morgen fand,
„Verfaßt von eures Luthers Hand,
„Man diese Schrift hier angeschlagen
„An der Schloßkirche Thüre, — Klagen,
„Beweise — o lest selber, Herr,
„Denn ich begreif' es nimmermehr."
Der Kurfürst nimmt erstaunt das Blatt,
Und als er es gelesen hat,
Da ruft er und sein Auge strahlt:
„Hier wird jetzt alte Schuld bezahlt!
„Des Traumes Deutung sehet hier:
„Des Mönchleins Feder, welche schier
„Dem Papste wollt' die Krone rauben, —
„Sie wird es thun, das ist mein Glauben!
„Sein Rüstzeug hat sich Gott ersehn —
„Dies Werk soll nicht zu Schanden gehn!" —

Luther und die Weiber von Straßburg.

Als einst der Doktor Luther
An dem Oktobertag
Die Thesen angenagelt,
Das war ein wack'rer Schlag,

Davon die Eisenpforte
Der Papstburg hell erklang,
Und über Meer und Länder
Das frohe Echo drang.

Auf festen Mauern aber
Stand noch St. Peters Thron;
Herr Martin reißt so leichtlich
Nicht einen Stein davon. —
Doch daß das Wort auch gelte
In Nähe und in Fern,
So schützten's mit dem Schwerte
Viel Fürsten und viel Herrn.

„Doch mit dem Schutz alleine
„Ist's nimmermehr gethan,
„Zieht keine Sturmkolonne
„Mit festem Schritt heran!"
Was meint ihr, wer so dachte?
Die Fürsten und die Herrn?
O nein, ihr ratet's nimmer,
Doch ich verkünd' es gern.

Die deutschen Weiber waren's
Zu Straßburg in der Stadt,
Bei denen hell im Herzen
Der Strahl gezündet hat!

Und rasch und fest und feurig
Im Lieben, wie im Thun,
So halten sie Versammlung
Im großen Rathaus nun.

Da wird nicht lang gestritten,
Gepocht und kalkuliert,
Da hat man kurz entschlossen
Der Schreiberin diktiert:
„So's euch gefällt, Herr Doktor,
„Traut unsrer mut'gen Hand,
„Wir treiben mit Spinnrocken
„Die Pfaffen aus dem Land!" —

So schreiben sie's und senden's
Zum Doktor Luther schnell.
Der thät das Brieflein lesen
Und freut sich in der Seel',
Thät auch gleich Antwort schreiben:
„Ihr lieben deutschen Frau'n,
„Dank euch! Zu eurem Mute
„Hab' ich gar groß Vertrau'n;

„Doch steht's nicht wohl den Weibern,
„Solch' Waffen in der Hand
„Nach Mannsart zu befreien
„Sich selber und das Land.

„Ihr dient dem Werke besser
„Ohn' Krieg und Feldgeschrei —
„Im Kämmerlein mit Beten — —
„Und darum bitt' ich frei!"

Sie haben still beherzigt
Das Wort des frommen Herrn,
Obgleich sie mit Spinnrocken
Zu Feld gezogen gern. —
Und so ist's Brauch gewesen
Seitdem in deutschen Gau'n:
Wenn Männer Schlachten schlugen,
So beteten die Frau'n.

Käthes Bild.

Nicht soll der Priester freien
Seit Papst Gregorius.
Sie können's nicht verzeihen
Dem Doktor Lutherus,
Daß er zum Weib genommen
Die Käthe Bora sein,
Auch hier dem Recht zu Frommen,
Ein Beispiel wollte sein.

Zu Mantua nun sitzen
Sie wiederum zu Rat:
Wie sie am besten schützen
Der Priester Cölibat.
Der Doktor sitzt zu Hause
Am alten Klosterthor
Und lacht und hat die Käthe
Nun lieber denn zuvor.

Schickt auch zum Meister Kranach:
„Viellieber G'vatter mein,
„Bitt' euch, malt mir die Käthe,
„'s soll mir zur Freude sein.
„Wie auch die Pfäfflein toben,
„Das Bild kommt an die Wand!
„Ich leb' und sterb' im Loben
„Vom heil'gen Ehestand."

Und als das Bild gelungen
Der Meister nun gebracht,
Da hat's von Freud' durchdrungen
Herr Martin still betracht't. —
Wie schien ihm doch die Käthe
Holdselig, schön und fein,
Wie Lilien und Rosen,
Die Augen Sonnenschein.

Dann thät er herzlich lachen:
„Herr Lukas, höret an:
„Wenn ich jetzt meine Sachen
„Nicht anders fechten kann,
„Dann nehm' ich von der Käthen
„Dies rechte Konterfei,
„Und ihr, Gevatter, malt mir
„Noch einen Mann dabei.

„Geschickt soll mir's dann werden
„Nach Mantua geschwind —
„Nichts Bess'res auf der Erden
„Als Argument man find't.
„Wenn dann die Gottesordnung
„Der Antichrist verlacht,
„Soll's doch ins Herz ihn stechen,
„Wie sie mich glücklich macht!"

Das Opfer des Aristodemus.

Micha 6, 6. 7.
1 Tim. 2, 5. 6.

Mondelang hat widerstanden
Der Messener Feste kühn,
Doch des alten Königs Seele
Bange Sorgen jetzt durchziehn.

Und er eilt, dem Feinde fluchend,
Den er haßte je und je,
Zu des Deliers Altären,
Ob er rette Ithome.

Und der Gott erteilt ihm Antwort,
Und die Opfer steigen auf,
Um den Alten schart sich bangend
Das bedrängte Volk zu Hauf.
Und er kündet das Orakel:
„Also spricht die Gottheit, hört!
Eine reine Jungfrau sterbe —
Und der Sieg ist euch beschert."

Still erbeben alle Herzen.
Da ertönt des Königs Wort:
„Wie im Glück ich euer Erster,
Bin ich jetzt des Volkes Hort.
Damit gnäd'ge Götter wenden
Endlich eures Leides Nacht,
Sei die eig'ne liebe Tochter
Zur Versöhnung dargebracht." —

Und sie steht mit bleicher Stirne
Schon als Opferlamm geschmückt,
Als ein todesblasser Jüngling
Zu des Greises Knie sich bückt. —

Doch des Vaters Augen glühen
Zuckend wie ein Wetterschein:
"Knabe, dir soll ihre Ehre
Lieber als ihr Leben sein!"

Und der Priester senkt das Messer,
Und das Opfer ist vollbracht,
Und des Altars Flammen züngeln
Hochauf in die stille Nacht. —
Horch, da klingen Waffen schrecklich,
Und der Sparter stürmt zur Höh! — —
Ehe Helios erschienen,
Liegt in Trümmern Ithome. —

Fern durch seiner Berge Klüfte
Irrt ein lebensmüder Greis,
Ueber die gefurchten Wangen
Fließen Blut und Thränen heiß.
"Schreckliche im Himmel droben,
Muß für mich der Blitz jetzt ruhn!
Warum Sühne — wenn's unmöglich
Würmern, euch genug zu thun?" — —

Akrata.

Seht den Pascha von Aegypten
An der Spitze seiner Heere,
Missolounghi zu umstellen —
Kreuzeshort, Tyrannenwehre!

Blutrot wehten seine Banner
Von Korinth her. Und dem Volke
Der Hellenen Unheil kündend,
Wie des Sommers Wetterwolke,

Also wälzten seine wilden
Blut- und racheburst'gen Horden
Sich heran, und wo sie zogen
War das Land zur Wüste worden.

Vor ihm zitterte Aegypten,
Asien und Habesch lagen
Ihm zu Füßen, nun der Griechen
Freiheit kam er zu zerschlagen.

Ihres Herdes, ihres Altars
Freiheit endlich zu erstreiten
Nach jahrhundertlanger Knechtschaft,
Wert der großen Väter Zeiten,

Hatten sie bisher gestanden
Wie Leonidas' Dreihundert,
Von der Christenheit verlassen,
Von der ganzen Welt bewundert!

Nach der Glaubensbrüder Hilfe
Hoben sie umsonst die Hände.
Nicht der Mut des Heldenvolkes,
Seine Kraft ist jetzt zu Ende.

Noch ein letzter Wall steht aufrecht,
Trotzig ragt er dort zum Meere:
Missolounghi, unbezwungen,
Kreuzeshort, Tyrannenwehre!

* * *

Und was Achmet nicht erreichte,
Soll jetzt Ibrahim gelingen!
Missolounghis Heldenthaten
Sind der Freiheit Todesringen.

Um den Marsch sich wohl zu denken
Schickt er Ismael, den Aga,
Mit sechshundert Lanzenträgern
Nach dem Passe von Akrata.

Noch ist hinter des Lykeri
Gipfel nicht die Sonn' gestiegen,
Als schon die sechshundert Reiter
In des Passes Schanze liegen.

Aber vom Parnassos schaurig
Steigt die Nacht im Sturme nieder,
Der arab'schen Wüstenstute
Beben ihre schlanken Glieder.

An die dunkeln Wälle malen
Lagerfeuer grause Schatten,
In die Mäntel festgewickelt
Ruhn bald tief im Schlaf die Matten.

Nur der Aga wacht, der Späher
Winke sind es, die ihn härmen,
Todesmut'ge Feinde weiß er
Ringsum im Gebirge schwärmen.

Aus dem Schutz der Mauerlücke
Scheucht sein Tritt den müden Posten,
Und durch Nacht und Sturmesheulen
Lauscht und späht er nach dem Osten,

Sehnsuchtsvoll das Heer erwartend.
Doch nur Nebel sieht er wallen
Wie Gespenster, hört von fernher
Nur des Raben Nachtschrei hallen.

Da beginnt es im Gefilde
Schattenhaft sich zu bewegen,
Lautlos wälzen schwarze Massen
Sich ringsher dem Wall entgegen.

Schreckvoll starrt der Bey, da klettert's
Schon herauf gewandten Fußes,
Und des Dolches Stoß bethätigt
Schnell das Wort des Griechengrußes!

Gleich Gespenstern schleicht's nun vorwärts,
Wild der Rache Blutstahl schwingend,
Immer tiefer in des Feindes
Schlafesvolles Lager dringend.

Rechts und links nun sinkt das Eisen,
Sterbestöhnen tönt, das hohle —
Durstig senkt den Dolch der Klephte
Und das Schwert der Armatole — —

Sieg dem Kreuze! Fluch dem Halbmond!
Rache nehmt für alle Leiden!
Tod den Räubern unsrer Frauen,
Unsrer Kinder! Tod den Heiden!

Und die Rächer schwinden wieder
Schattenhaft nach blut'gem Werke.
Dumpfes Grollen kündet fernher,
Daß sich naht des Heeres Stärke. —

Wenn vom Ostmeer seine Strahlen
Wird der neue Tag versenden,
Werden sechsmalhundert Turbans
Weniger sich nach Mekka wenden!

Jakobs Traum.

Einsam eilt er durch die Wüste,
Fliehend vor des Bruders Hand,
Treu das Angesicht dem Lande
Seiner Mutter zugewandt.
Schwärzer sinkt die Nacht hernieder,
Und, der Heimat Hütte fern,
Legt er auf den Stein des Feldes
Heut sein müdes Haupt so gern.

Und es schweigt die weite Oede,
Von der Nacht Gewand umhüllt,
Und so friedevoll den Schläfer
Deckt der Himmel sternerfüllt.

Und des Tages Schweiß zu kühlen
Fächeln Abendwinde lau —
Süß schläft Jakob auf dem Steine
Wie daheim auf grüner Au.

Und er träumt. — Sind seinem Geiste
Wohl die frohen Stunden nah,
Wo er bei des Vaters Herden
Ruht' im Thal von Verseba?
Wie er mit dem Bruder scherzte
Bei der Hirtenflöte Klang,
Wie die Mutter freudig lauschte,
Hörend ihres Lieblings Gang?

Oder denkt er seiner Sünde
Und des wilden Bruders Glut
Und des greisen Vaters Kummer
Und Rebekkas Thränenflut?
Träumt er wohl von Glück und Liebe,
Die sein in der Fremde harrt;
Oder einem harten Schicksal,
Das ihm durch Verbannung ward?

Aber nein — auf seiner Stirne
Zittert die Anbetung still. —
Seinem Gotte ist er näher,
Dem er ewig dienen will;

Ihm, der seine Väter führte
Und zum Heile auserwählt,
Der auch ihn in Lieb' und Gnade
Seinen Freunden zugezählt.

Und er sieht den Himmel offen
Und die Engel Gottes ziehn,
Die daraus herniederstiegen
Und sich neigen zu ihm hin.
Und er hört des Herren Stimme,
Sieht ihn in der Himmel Schein,
Und dem Herzen drücken selig
Sich die ew'gen Worte ein.

Beth-El nennet er die Stätte
Und zieht frohen Mutes fort,
Freudig trauend dessen Rede,
Der schon seiner Väter Hort.
An des Himmels Thor gesessen
Hat er diese eine Nacht,
Und sie hat mit Wunderkräften
Ihn fürs Leben stark gemacht.

Ja, das war ein selig Träumen! —
Herz, wo mag die Stätte sein,
Da du siehst den Himmel offen,
Wo du jetzt den Beth-El-Stein?

Gern will durch die Wüst' ich pilgern,
Mich auf Steine legen dann,
Wenn ich nur so süß auch schlafen
Und vom Himmel träumen kann. —

Martha.

Jesus hatte Martha lieb. Joh. 11, 5.

Glückſel'ges Herz! Mag dir der Nachruhm
    ſchweigen,
Der Lorbeer um die ſtille Schweſter ſchlingt;
Doch unverwelklich ſtrahlſt du in dem Reigen,
Des Ruhm und Liebe alle Zeit durchklingt!
Und hätteſt keine That du aufzuzeigen,
Dich, Martha, doch der ſchönſte Schmuck umgiebt,
Der hoch dich hebt, daß ſich auch Engel neigen:
Glückſel'ges Herze — **Er hat dich geliebt!**

Glückſel'ges Herz! — Es ſtand dein Haus Ihm
    offen,
Ihm regteſt du die nimmermüde Hand,
Sein Dienſt war dein Genießen und dein Hoffen,
Und Er — wohl dir! — hat dich als treu erkannt.

Aus treuer Liebe floß dein Mühn und Sorgen,
Und treue Liebe hat Er nie betrübt.
War dir Marias Seligkeit verborgen,
Du hattest **deine!** — Er hat dich geliebt!

Du kanntest Ihn, für den dein Herze brannte:
„Du warst nicht hier — wär' sonst mein Auge naß?"
Als Er sich selbst die Auferstehung nannte
Und ernst dich fragte: „Martha, glaubst du das?"
Wie floß dein Mund von seligem Bekennen,
Ob noch schmerzbebend: „Herr, ich glaub' es schon,
Des Höchsten Macht kannst du dein eigen nennen,
Ja, du bist Christus, du bist Gottes Sohn!"

Wo immer sie der Schwester Namen nennen
Die Diener seines Evangelii;
Verkünden sie dein **Dienen und Bekennen,**
Daß Er dich liebte! Darum stirbst du nie.
Nein, schlage fort, **aufrichtig Marthaherze,**
Bis alle Welt ihm dient und Herberg giebt!
In deinen Mängeln, deinem Kampf und Schmerze,
Hat Er, der Ewigtreue, dich geliebt!

Judas am Scheidewege.

„Herr, zu hart ist deine Rede,
Wer kann's hören, wer verstehn?"
Und aus seiner Jünger Menge
Kehren viele um und gehn.
Da zum Kreise seiner Zwölfe
Wendet jetzt der Heiland sich,
Fragt voll wehmutvoller Trauer:
„Wollt ihr auch verlassen mich?"

Und die Frage ist gesprochen —
Auf, ihr Zwölf, bedenkt euch nicht!
Seid ihr treuer als die andern,
Ist er eures Lebens Licht?
Die ihr lang schon so gewandelt
Mit dem Herrn von Ort zu Ort
Und von seinen Lippen täglich
Lauschtet ew'gen Lebens Wort;

Könnt ihr euren Meister lassen?
Habt ihr Leben nur in ihm?
Oder könnt ihr's nicht verstehen,
Wollt ihr mit den andern ziehn?
Und für seine Brüder feurig
Simon Petrus nimmt das Wort:
„Herr, vor deinem Angesichte
Wohin flöhen wir auch fort?

Herr, wir hörten Lebensworte,
Glaubten's und erkannten's schon
Und bekennen es nun freudig:
Du bist Christus, Gottes Sohn!"
Aber siehe — bei der Freude,
Die des Heilands Herz durchglüht,
Ist es nicht ein Schmerzensschatten,
Der ihm übers Antlitz zieht?

Er, vor dessen Flammenaugen
Auch ein Herzensabgrund licht,
Traut er wohl dem Wort des Jüngers,
Das er hier für alle spricht?
Und der Heiland voller Trauer:
„Hab' ich Zwölfe nicht erwählt,
Und der Eine ist ein Teufel,
Der noch zu den Meinen zählt."

Judas, Judas, kannst du's hören,
Ohne daß dein Herze bebt?
Ist es wahr, daß längst ein andrer
Drinnen als dein Meister lebt?
Kannst du seine Stimme hören,
So voll Liebe und voll Schmerz,
Ohne daß es bricht und weinet,
Dieses kalte, starre Herz?

Bist so lang mit ihm gewandelt
Und dein Herz blieb unerweicht?
Heut noch kannst du rückwärts kehren,
Eh' das Ende du erreicht. —
Nicht für dich galt Simons Rede!
Und du kannst verhärtet stehn?
Warum willst du's nicht bekennen,
Lieber mit den andern gehn?

Rede, Judas, Judas, rede!
Aber Judas steht und schweigt,
Und der letzte Strahl des Lebens
In ihm zum Verlöschen neigt.
Und des Abgrunds Mächte haben
Ihn umfangen gänzlich schon —
Sieh — fort zieht er mit den Elfen
Und verrät des Menschen Sohn.

Vater, vergieb ihnen!

Auf das Fluchholz sinkt er nieder,
Und der Nägel blut'ge Pein
Dringt in todesmatte Glieder
Gottes heil'gem Sohne ein.
Und des Wort die Welten füllte,
Der, ein Arzt so wunderjam,
So viel tausend Wunden stillte,
Ist jetzt ein geduld'ges Lamm.

Nicht der grenzenlosen Schmerzen,
Der Verzweiflung Jammerton
Fleht zu harten Henkerherzen:
Stumm und still trägt Gottes Sohn,
Nur sein Seufzen ruft: Erbarmen!
Und die blassen Lippen flehn:
Wolle, Vater, mit den armen
Blinden ins Gericht nicht gehn!

Dieses Wort ist uns verkündigt,
Und wir wagen drauf zu flehn:
„Die noch nicht dein Blut entsündigt,
Die noch eigne Wege gehn;
Die in eitler Werke Streben,
Trägheit, Lust und Leichtsinn ruhn,
Wolle ihnen, Herr, vergeben,
Die nicht wissen, was sie thun!

„Die mit Dornen dich zu krönen
Immerdar bereit hier stehn;
Die dich hassen, die dich höhnen,
Nur weil sie dich nie gesehn,
Nie in deiner blut'gen stillen
Liebesschöne dich gesehn —
Herr, um deines Leidens willen
Laß sie nicht verloren gehn!

„Zieh empor sie aus dem Staube,
Du erhöhter Gottessohn;
Nimm auch sie dir noch zum Raube
Und zu deiner Schmerzen Lohn,
Laß die Blinden sehend werden,
Oeffne ihren stumpfen Sinn,
Daß sie überall auf Erden
Dir zu Füßen sinken hin."

Zürne, Liebe, nicht den Bitten,
Welche Seelenliebe wagt: —
„Die in deiner Gnaden Mitten
Stehn und die dein Geist verklagt;
Die dein teures Blut bekennen
Und doch gehn voll Heuchelschein,
Täglich deinen Namen nennen
Und doch täglich ihn entweihn;

„Die erst deinen Kelch, Herr, trinken,
Und dann Satans Becher stillt,
Die da betend vor dich sinken,
Doch von Bruderhaß erfüllt;
Die, nach Kanaan berufen,
Noch Aegyptens Fleischtopf nährt,
Deren Hand des Altars Stufen
Noch mit fremdem Brand entehrt, —

„Herr, bei deines Todes Schrecken!
Sollen sie verloren sein? —
Sie zu wecken und zu decken
Laß dein Blut noch einmal schrei'n!
Nur noch einmal wolle rufen
Diesen Tausenden zulieb,
Christe, an des Richters Stufen:
Vater, o vergieb, vergieb!"

Jerusalem.

Sieh, durch der öden Wüste Sand
Zieht eine dichte Ritterschar,
Leid war seit der Levante Strand
Ihr Los, seit sie gelandet war,
Doch kennen sie ihr hohes Ziel
Und pilgern mutig kämpfend fort.
Und flossen gleich der Monde viel,
Geduld! Geduld! Bald sind sie dort:
Jerusalem!

Wie ward so klein die große Schar,
Wie mähten doch die Feinde all'!
Ob hoch zu Roß, zu Fuß er war,
Wie kam so mancher schon zu Fall. —
Doch wenn des Sehnens Trost nur tagt,
Was achten sie ein Leichenfeld!
Sie dringen weiter unverzagt,
Ist's doch ein Hoffen, das sie hält:
Jerusalem!

Wie ist der schwere Helm bestaubt,
Wie ist der Fuß so müd und matt,
Dem Arm fast seine Kraft geraubt,
Wenn gleich das Schwert so scharf und glatt.
Doch ist ihr Herz voll Freudigkeit,
Ein Wort hilft, wenn sie todesmatt:
Wir retten sie im blut'gen Streit,
Wir schau'n die hochgebaute Stadt:
    Jerusalem!

Und als ihr Hoffen nun erfüllt,
Als Zions königliches Haus
Und ihrer Sehnsucht ganzes Bild
Sich breitet jetzt vor ihnen aus,
Und purpurn wunderbar erglüht
Der Zinnen Pracht im Morgengold, —
Das Aug' im heil'gen Feuer sprüht,
Ein Wort nur durch die Reihen rollt:
    Jerusalem!

Ihr, die ihr Christi Namen nennt,
Kennt ihr die hochgebaute Stadt,
Die er für jeden, der ihn kennt,
Dort droben längst bereitet hat?

O kämpfet recht und unverrückt,
Bis ihr die goldnen Gassen schaut,
Bis ihr sie einnehmt hochentzückt,
Die Stadt, die euch das Lamm gebaut:
    Jerusalem!

Bis ihr im weißen Feierkleid,
Wie jene einst zum Tempel hin,
Nach überstandner Kampfeszeit
Zum Thron des Lammes werdet ziehn;
Bis euer Halleluja klingt
In Ewigkeit zu seinem Ruhm,
Und ihr zu sel'gen Harfen singt
Im obern, ew'gen Heiligtum:
    Jerusalem!

Sei getreu.
Offenb. 2, 4. 10.

O sei getreu, o sei getreu,
O sei in deiner Liebe treu,
Und wenn die Locke längst dir bleicht,
So bleibt das Herz doch jung und neu.

O denk daran, o denk' daran,
Wem du die erste Liebe schwurst:
Ihm, von dem du jahraus, jahrein
Nichts als nur Lieb' und Huld erfuhrst.

Gedenke, wie du hoch beglückt,
Weil treu und fromm dein Mütterlein
Zum großen Kinderfreund dich wies,
Dir faltete die Händchen klein.

Denk an die schöne, schöne Zeit,
Wo du in erster Lieb' gebrannt
Zum Sünderheiland Jesus Christ,
Wo du so freudig ihn bekannt!

Warst du getreu, warst du getreu,
Da's an der Liebe Prüfung ging,
Da dich des Zweifels Sturm umtobt,
Da dich des Lebens Netz umfing?

Hast du dein Herz hindurchgebracht
Getreu und felsenstark und rein?
Dann Heil dir, Heil dir, frommer Knecht,
So ist des Lebens Krone dein!

Und deines dunkeln Daseins Qual
Erscheint dir dann im Liebeslicht.
Du kennst den Trost, du weißt es ja:
Du lebst für dieses Leben nicht.

Bist du getreu, bist du getreu,
Hat dir der letzte Feind nichts an —
So stirbst du nicht, es wird ja nur
Von dir dein Elend abgethan.

Und droben in des Vaters Haus
Winkt deiner treuen Liebe Lohn:
Des Lebens Krone! Sei getreu!
O sieh im Geist sie funkeln schon!

Warst über Wen'gem hier du treu,
Dort wirst du einstens Herrscher sein,
Dann gehst du, frommer, treuer Knecht,
Zu deines Herren Ruhe ein.

Die sittliche Weltordnung.

Fiat justitia et pereat mundus.

Wählend teilen die Gaben des Glücks die unsterblichen Götter
Ihren Lieblingen zu, liebend ihr eigen Geschenk:
Schönheit des Leibes und Geistes, des Armes Kraft und der Rede.
Selig, welcher vermag, andrer Beglücker zu sein!
Herrliches Recht des Olympos! — Des stygischen Zeus nur alleine
Eiserne Brust hat nie Freude Erfreuter gerührt. —

Ist die Macht Kronion, die Weisheit Pallas Athene
    Schuldig dem Sohne des Staubs? Ist's nicht
        ein freies Geschenk?
Liebreiz leiht Cytherea, der Musen Künste Apollon
    Unverdienet dem Freund — und er ist Göttern
        verwandt.
Doch wenn die Parze gebietet, ist Zeus selbst macht-
        los zu schützen,
    Ob auch die Tochter im Schmerz gleich ohn-
        mächtig erbleicht. —
Nicht dem Peliden des Kampfes Gewühl und Lor-
        beer zu schenken,
    Sank der Argiver Geschlecht, stürzte der Trojer
        ins Grab.
Sieh', es ergreift die Wage Saturn: und Ilions
        Flammen
    Leuchten nächtig empor, die der schuldigen Stadt!
Die des Gatten geheiligtes Recht, das heil'ge des
        Gastes
    Schnöde verletzt, sie fiel nicht durch blindes
        Geschick. —
Sieh', es ergreift die Wage Saturn, und was sie
        gesprochen,
    Ist der Gerechtigkeit Spruch! — Sie ist das
        ew'ge Gesetz.

Ich bin einsam!
Psalm 25, 16.

Wo zittert's traurig durch der Harfe Saiten,
Bebt auf der Lippe des gesalbten Sängers:
„Mein Herz, o Gott, ist müde jedes Drängers,
„Wann wirst du doch die Heimat mir bereiten?

„Ich würzte täglich meinen Trank mit Thränen,
„Und meine Speise waren Not und Klagen,
„Ich stehe einsam nun in meinen Tagen,
„Mir bleibt nach deinem Frieden nur das Sehnen."

O ich bin einsam! — Armes banges Herze,
Auch du bist einsam unter Millionen?
Erschließe dich! Denn unter ihnen wohnen
Wird ein Genosse dir in Freud' und Schmerze.

Und schaue aufwärts! Hebe frohe Hände!
Vergaßest du, was einstens sprach dein Meister,
Der auch befiehlt dem stillen Kampf der Geister?
„Ich bin bei euch bis an der Welten Ende!"

Du bist nicht einsam! Er steht dir zur Seiten
Und bleibt dein Freund, wenn alle Freunde weichen!
Sieh auf sein Kreuz — du siegst in diesem Zeichen!
Als Christi Freund wirst du nie einsam streiten!

In seinem Namen bie ne, und der Liebe
Still keimend Saatkorn streue ohn' Ermüden!
Das schafft dir Fr e u n d e und dem Herzen F r i e d e n;
Einsam nur machen uns der Selbstsucht Triebe. —

Du bist nicht einsam! Unter jenen Scharen,
Die niemand zählen kann und die mit Palmen
Und weißen Kleidern jubeln Siegespsalmen,
Wird Christi Tag auch dich einst offenbaren!

Dennoch!

Rauschträume, die das junge Herz einst füllten,
 Wie seid ihr von der Jahre Flucht zerschlagen!
 Nichts schien versagt für seiner Wünsche Wagen,
Im Hoffen lag das Glück, im ungestillten.

Erschütternd anders ist des Lebens Wahrheit
 Als deines Wahns selbstmächtiges Gestalten,
 In herber Täuschung finsterem Entfalten
Schwand, Herz, dein Zukunftsbild voll süßer Klarheit.

Wie, wenn des Bogens allzuscharfem Streichen
Der Saite Kraft mit Wehelaut zersprungen,
Daß fast im Mißton Harmonie verklungen,
Der Meister fortspielt, ohne zu erbleichen;

So sei es, Herz, dein ungebrochnes Streben:
Zu wirken und zu werden — trotz dem Leben!

Aus tiefer Not.

In meine Nacht schick dein barmherzig Licht,
Gieb selbst die Kraft, daß ich dir halte still,
Schilt nicht den Staub, der mit dir rechten will,
Bewahr' mich, Herr, daß ich dich meistre nicht!

Des Fleisches Jammer hat den Blick getrübt
Des Geists, der deiner Wege Ziel erfaßt,
Mein sündig Ich ist mir die schwerste Last;
Brich ganz entzwei den Willen, der sich liebt!

In glüh'ndem Siebe hast du mich gesiebt,
Mein Gott, nun schwindet, was dir widerstrebt,
Auf daß mein Wille nur in deinem lebt,
Schenk mir ein Herz, das dir sich ganz ergiebt!

Die meinem Lebensbaum die Krone bricht,
Ich küsse deine Hand, gerechter Gott;
Ich traue dir durch Angst und Todesnot
Und table nicht dein himmlisches Gericht!

Heil dir, Silesia!

Der Ortsgruppe New-York des Riesengebirgs-Vereins gewidmet.

Heil dir, Silesia!
Was auch das Auge sah
Von Erdenpracht,
Stets wirst du vor uns stehn,
Mutter so traut und schön,
Holdselig, auserwählt,
 Silesia!

Heil dir, Silesia!
Wo immer fern und nah
Die Kinder dein
Froh üben Gläserklang,
Da gilt ihr erster Sang,
Ihr erster Segenswunsch
 Dir, Heimatland!

Berge, so stolz gebaut,
Thäler, so still und traut,
Wasser so klar,
Himmel so blau und frei,
Herzen so warm und treu,
Lieder so trutzig schlicht:
So denk' ich dein!

Heil dir, Silesia!
Primula minima
Ist dein Symbol,
Klein in der Blumen Schar
Und doch so wunderbar
Lieblich und einzig schön,
Wie du es bist!

Heil dir, Silesia!
Fern in Kolumbia
Wir feiern dich.
Klein ist hier unsre Zahl,
Aber im Land der Wahl
Eint Liebe uns zu dir
Als festes Band!

Stammbuchblätter.

Einer Konfirmandin.

Ergreif' mit deinem Feuer,
Geist Gottes, dieses Herz,
Und zieh's in heil'ger neuer
Gemeinschaft himmelwärts!
Mit Jesu Blut gereinigt,
In Heiligung geübt,
Bleib' es mit Ihm vereinigt,
Der's je und je geliebt!

Einer Freundin
(mit Geibels Gedichten).

An Edlem muß ein edles Herz sich weiden,
Und keine Größe kennt es ohne Güte.
Recht stark ist, wer in Gott sich mag bescheiden,
Die wahre Schönheit ist ein rein Gemüte!

Weihelied.

Zur Weihe des Denkmals auf dem Grabe des sel. Pastors Dr. L. Mohn, am 8. Juli 1892.

(Mel.: Wachet auf! ruft uns die Stimme.)

Auch die seinen Glauben erben,
Auch Abrahams Geschlecht muß sterben,
Doch gehn sie in des Vaters Schoß.
Ewig frei vom Erdenleide
Erquickt sie jetzt der Sel'gen Freude,
Aufs liebliche ja fiel ihr Loos!
Und was hier schon vollbracht,
Löscht keines Todes Nacht.
Halleluja, es leben fort
So hier wie dort
Die Werke, die in Gott gethan!

Ueber schlummerndem Gebeine
Bezeugen diese ernsten Steine,
Daß unvergessen, der hier ruht. —
Hirt' und Herde sich begegnen
An deinem Thron, Herr, wolle segnen,
Was Dankbarkeit und Liebe thut,

Wend' ab der Bosheit Macht,
Und was dein Knecht vollbracht,
Lasse grünen zum Ruhme dir
Und eine Zier
Der Kirche, die dein Eigentum!

Abschiedsgruß

an Prof. Dr. G. C. Seibert, als er nach Karlsbad reiste.

Sei jetzt dem Herrn und der Hut seiner Engel
 befohlen!
Ziehe dahin, dir Genesung und Frohsinn zu holen,
 Wo warm und hell
 Sprudelt der Karlsbader Quell
Tiefauf durch Schwefel und Kohlen.

Wo sich die Tegel und Eger der Fichtel entwinden
Und sich die sächsischen Berg' an den Böhmerwald
 binden,
 Hat Gottes Macht
 Heil Ungezählten gebracht
In jenen lieblichen Gründen.

Rudolf von Habsburg, die Karle und Wenzel der
    Dicke,
Waldstein, sie grüßten die Quellen mit hoffendem
    Blicke;
 Du auch in Eil'
 Trinke und bade mit Weil',
Kehre weichlebrig zurücke!

Wolle durch hohe Genossenschaft trösten dich lassen:
Litt doch auch Luther am jecur erwiesenermaßen!
 Schwindsucht und Stein,
 Diabetes und Zipperlein
Wolle Geringeren lassen!

Sprudel und Mühlbrunn und Schloßbrunn für
    jeglichen Schaden
Brauche geduldig nach Vorschrift mit Trinken und
    Baden.
 Laß deutsche Luft,
 Fichten- und Tannenduft
Zu neuem Wohlsein dich laben.

Lebe der Leber! und laß dich nichts andres sonst
    kümmern,
Fleißige Hände sie werden hier weiter schon zimmern
 An deinem Bau. —
 Durch hypochondrisches Grau
Sieh neues Leben jetzt schimmern!

Suchst in der Heimat du viele Geliebte vergebens,
Opfre die Thräne der Wehmut, doch denke des
Lebens!
Jahre voll Kraft,
Großes für Gott noch geschafft,
Sei jetzt das Ziel deines Strebens!

Und meines Riesengebirges weißschimmernde Zinken
Mögen sie Grüße des Danks und der Liebe dir winken
An meiner Statt!
Sicher, du schaust dich nicht satt,
Siehst du von fernher sie blinken. —

Auf denn! Nicht scheue des Schiffs und des Wagens
Erbeben —
Tausende litten's und nannten es Krankheit zum
Leben.
Feuer und Wind
Diener des Mächtigen sind,
Dem du dein Alles ergeben!

Vale faveque! Du bist in den Händen des Treuen,
Der dich bis hierher getragen! Was solltest du
scheuen?
Schnell flieht die Zeit,
Bald ist der Tag uns bereit,
Da wir der Heimkehr uns freuen. —

Unserem heimgegangenen Präsidenten
James Abraham Garfield
gest. zu Elberon, N.-J., am 19. Septbr. 1881.

Nun hast du, edler Dulder, ausgerungen. —
Der in der Feldschlacht oft um dich gewittert,
Dem Tode hast auch jetzt du nicht gezittert,
Da er dich meuchlings mordend hat bezwungen.

Ein starker Mann, ein edler Mann im Handeln,
So stehst du vor uns — größer noch im Dulden!
Ein leuchtend Vorbild! Deines Tods Verschulden
Sei nicht auf uns! — Den Fluch mag Gott uns
wandeln.

An deines Schlachtenruhmes Jahrestage
Hast du den schönsten Siegeskranz empfangen,
Und diesem Volke wirst du teuer bleiben!

Zum dunkeln Gott schau'n wir mit banger Frage,
Voll Buße stehn wir und voll Trostverlangen
Und wollen, Herr, dein Wort ins Herz uns
schreiben!

Am Sarge eines Friedenskindes.

Wie oft, als dieses Antlitz noch lebendig,
Sah ich es still und mild und friedvoll strahlen,
Und sah den Frieden Gottes drin sich malen,
Der dir im Herzen lebte tief inwendig.

War dir erspart der Erde Angst und Ringen?
Denn seine Spuren such' ich hier vergebens —
Nein! Doch die Kampfesstunden deines Lebens
Die wußtest du mit Frieden zu durchdringen!

Verborg'ne Herrlichkeit! und doch wie mächtig,
In Klarheit auch das Aeußre zu gestalten;
Die Welt mißachtet dich, du kannst nicht gleißen,

Doch offenbaren wirst du dich einst prächtig,
Wenn erst der Friede königlich wird walten!
Friedfert'ge sollen Gottes Kinder heißen.

Nachruf

für den selig entschlafenen Zionssänger
Herrn Jul. W. Leschke,
† zu Gnadenfrei in Schlesien am 20. Oktober 1893
im Alter von 84 Jahren.

So ist dein Feierabend denn gekommen,
Du müder Wandrer, und des Führers Hände,
Sie leiten an krystallnen Stroms Gelände
Dich, aller Arbeit, Leid und Streit entnommen!

Als treuer Zeuge hast du laut gerufen
In böser Zeit, in glaubensarmen Tagen,
Des Kreuzes Schmach hast selbstlos du getragen,
Nun trag die Palme an des Thrones Stufen!

Und „Jesuslieder" singt im höhern Chore
Dein sangesreicher Mund. — „Der Patriote"
Ging durch des rechten Vaterlandes Thore. —

Ich weine! Doch zum ew'gen Morgenrote
Zieh' ich dir nach, und deinem sel'gen Ohre
Sei dieses Lied des Danks, der Liebe Bote!

Konfirmationslieder.

1. Sei getreu.

Mel.: Mendelssohns Lieder ohne Worte No. 9.

Ob sich auch viele treulos von mir wenden,
Du sei getreu, getreu bis in den Tod!
O trage stets dein Herz du in den Händen,
Das ich erwarb mit meinem Blute rot!

Denn fielst du ab, du gingest ja verloren,
Vergeblich brach mein Herz für dich im Tod.
O Seele, die zur Braut ich mir erkoren,
Die Treue halte auch in höchster Not!

Dich lockt die Welt mit ihren sünd'gen Freuden,
Das eigne Herz auch, aller Thorheit voll,
Doch von der Welt und von sich selbst muß scheiden,
Wer für das Reich der Himmel grünen soll.

Ich gab mich ganz im heißen Liebeswerben —
Vergiß es nimmer! Ganz auch sei du mein!
Um mich und mit mir mußt der Welt du sterben,
So wird dein Lohn des Lebens Krone sein!

O sei getreu, o sei getreu!
O sei getreu, getreu bis in den Tod!

2. Gebet.
Mel.: Integer vitae scelerisque purus.

Heil'ger Dreieiniger, Vater aller Kinder,
Die so genannt im Himmel und auf Erden,
Höre das Flehn des auserwählten Volkes,
　　Deiner Gemeinde!

Nimm hin das Opfer, das wir gläubig bringen.
Du gabst sie uns und sie sind noch dein eigen;
Erhalte, Treuer, sie in deinem Namen,
　　Unsere Kinder!

Bewahre sie, du Reiner, vor dem Uebel,
Daß sie als heil'ge Steine deines Tempels
Beharren! Zum Gelübde ihres Mundes
　　Sprich du dein Amen!

3. Des Herrn allein!

Mel.: „Evang. Harfenklänge", Schäfer und Korabi, Philadelphia, Pa., No. 129.

Sieh, teure Kinderschar,
Wie er dich liebte,
Eh' du das Licht der Welt erblickt,
Ja je und je!
Wie er dich zu sich zog
Aus lauter Güte!
Heut ruft er: Komm, o komm!
Du geh — o geh!

Sage, was schenkst du ihm
Zum Lohn der Schmerzen?
In heil'ger Stunde jetzt
Tritt vor ihn hin:
Opfre mit Kindessinn
Liebende Herzen,
Diene nur ihm allein
Jetzt und forthin!

Wiegenlied.

In Musik gesetzt von P. H. C. Gruhnert in Crange, N. J.

Englein huschen durch die Kammer,
Schlaf, schlaf, mein Herzenskind!
O wie freundlich und wie lieblich
Doch die Engel sind!
    Husch, husch, husch, husch,
    Schlaf mein Herzenskind!

Schweben singend um dein Bettchen,
Schlaf, schlaf, du Herzenskind,
Schließ das Mündchen, schließ die Aeuglein,
Schließ sie ganz geschwind!
    Husch, husch — — —

Sind vom Vater dir gesendet,
Schlaf, schlaf, du Herzenskind!
Bringen goldne Träume nieder,
Träume sanft und lind.
    Husch, husch — — —

Dem Fürsten Bismarck
zum 80. Geburtstage am 1. April 1895.

Herrliches Volk des Teut,
Einig erbrause heut
   Dein Jubelsang!
Haben den größten Mann,
Würdig ihn ehren dann,
Das ist vor aller Welt
   Dein hoher Ruhm!

Er, der so weit geschaut,
Der uns das Reich gebaut,
   Der Väter Traum —
Der es geschützt, gemehrt,
Daß heut es scheut und ehrt
Das weite Erdenrund —
   Er lebe hoch!

Er, der voll Doppelmark
Ein halb Jahrhundert stark
   Das Ruder hielt,
Dem viele Feind viel Ehr,
Aber ein zahllos Heer
Freunde Vertrau'n gebracht —
   Er lebe hoch!

In der Geschichte Erz,
Tiefer ins Volkesherz
Schrieb er sich ein!
Der kommendem Geschlecht
Vorbild von deutsch und echt,
Furchtlos und stark und treu —
Er lebe hoch!

Herr, unsrer Väter Gott,
Wir scheu'n nicht Feind und Tod,
Dich nur allein!
Du halt in treuer Hand
Das weite deutsche Land
Und seinen größten Sohn,
Den heut es ehrt!

Inhalt.

	Seite
Das schönste Lied eines längst Heimgegangenen	3
Meine Seele dürstet nach Gott	4
Zum neuen Jahre	5
An der Schwelle des neuen Jahres	6
Hast du gebetet, Kind?	8
Die Rose von Dargelin	10
Der Mutter Hand	11
Du hast gesiegt	12
So wie ich bin	14
Klostergeister	15
Nach Italien	20
Bunte Klänge, bunte Träume	21
Wenn erst die Blätter fallen	22
Warum?	23
Nachtgedanken in Hamburg	24
Feierabendgebet	27
Weihnachten in der Ferne	29
Ein Morgenpsalm	31
Frühling auf dem Gottesacker	33
Auferstehung	35
Des kranken Mädchens Lied	37
Wir haben hier keine bleibende Statt	39
Gartenarbeit	42
Ein Lied aus des Lebens Mai	44
Das Gebet der Braut	45
Sternennacht	47
Zieht still die Nacht herein	48
Abendlied	51
Kampflied	53

	Seite
Die zwei ersten Opfer	55
Vision	59
Auf dem Bodensee	61
Des Kurfürsten Traum	65
Luther und die Weiber von Straßburg	66
Käthes Bild	69
Das Opfer des Aristodemus	71
Atrata	74
Jakobs Traum	78
Martha	81
Judas am Scheidewege	83
Vater, vergieb ihnen!	86
Jerusalem	89
Sei getreu	91
Die sittliche Weltordnung	93
Ich bin einsam!	95
Dennoch	96
Aus tiefer Not	97
Heil dir, Silesia!	98
Stammbuchblätter:	
Einer Konfirmandin	100
Einer Freundin	100
Weihelied	101
Abschiedsgruß	102
Unserm heimgegangenen Präsidenten	105
Am Sarge eines Friedenskindes	106
Nachruf	107
Konfirmationslieder:	
Sei getreu!	108
Gebet	109
Des Herrn allein	110
Wiegenlied	111
Dem Fürsten Bismarck	112